北面的山

诗集

Bei Mian
De Shan

何招鑫
—著—

文汇出版社

图书在版编目(CIP)数据

北面的山 / 何招鑫著. —上海:文汇出版社,2019.4
ISBN 978-7-5496-2860-5

Ⅰ.①北… Ⅱ.①何… Ⅲ.①诗集–中国–当代
Ⅳ.①I227

中国版本图书馆 CIP 数据核字(2019)第 082843 号

北面的山

著　　者 / 何招鑫
责任编辑 / 熊　勇
出版策划 / 力扬文化

出版发行 / **文匯**出版社
　　　　　上海市威海路 755 号
　　　　　(邮政编码 200041)
印刷装订 / 成都兴怡包装装潢有限公司
版　　次 / 2019 年 4 月第 1 版
印　　次 / 2024 年 3 月第 4 次印刷
开　　本 / 880×1230　1/32
字　　数 / 200 千
印　　张 / 8

ISBN 978-7-5496-2860-5
定　　价 / 35.00 元

总　序

吴亚丁

　　20 世纪下半叶以来，在中国辽阔大地所发生的重大历史性事件之一，是深圳的崛起。迄今为止，四十年过去，深圳作为中国改革开放的先行地区，作为改革开放的重大成果，它以充满活力的形象，耸立在中国的南方。

　　濒临香港的罗湖区，是深圳的中心城区之一。20 世纪 70 年代末期以来，改革开放成为中国社会经济政治文化生活的主流，香港因素则成为深圳特区发展的重要因素。深圳文学秉承改革开放的深刻影响，在粤港澳文化氛围中发展成为具有鲜明深圳地域特色的新南方文学。作为深圳文学的参与者，同时，也作为《罗湖文艺》的主编，时至今日，我仍然记得2014 年那个秋天，我们首次在《罗湖文艺》提出"南方叙事"或"南方写作"的概念。不，岂止是概念呢？事实上，那一年，我们正急切地期待一种全新的命名，来概括和诠释当代深圳文学的写作。

那是一次偶然的机缘。那年的某一天，我与文学评论家、深圳大学教授汤奇云博士曾就深圳文学的现状与未来展开讨论。深圳地处南海之滨，接续港台之风熏陶，在经济与贸易层面与国际诸多接轨，这些都对人们的生活和观念产生了莫大影响。在这座城市里，热爱写作的人日益增多，遍布在社会的各个阶层，每年都有新人新作问世。在这里，青春的面孔织就了写作的版图，新人辈出，佳作不断。在这里，年轻的活力正在引领写作的潮流，且日益成为引人注目的文学创作优势和标识。在这里，文学创作已经成为蔚为壮观、活力四射的不可阻挡之势。是的，深圳当代文学，经过数十年来的创新与发展，正在步入一个更具宽度与深度的活跃期。作为受惠于改革开放、日益繁荣发展的深圳文学，理应得到世人更多的关注与重视。在这充满希望之地，在这最具活力的南方经济之城，深圳的文学，更加迫切地需要寻找到自己的发展坐标与路径，需要认清楚自己的未来与使命。我们共同认为，深圳文学应该赓续和弘扬自屈原以来的浪漫主义传统，融合和发展源远流长的南方文化基因，在理想的旗帜下，承继古老而新锐的文学梦想。基于此，我们想给深圳文学的旗帜，写上这样的大字："南方叙事"，或者"南方写作"。

自然，我们也有困扰。其中之一的困扰便是，深圳文学研究弱势相对明显。深圳虽然地处全国一线城市，可是大学少，文化（文学）研究机构少。在深圳，能从理论上系统研究探讨深圳文学现状与发展的专业人员也相对较少。一言以蔽之，我们面临的情况就是，我们仍然缺少为深圳文学摇旗呐喊、为深圳文学的发展鼓与呼的人。于是，我们设想，是不是能以罗湖为核心，即以罗湖以深圳的作家为核心，以《罗湖文艺》等文学期刊为平台，团结更多的创作力量，一起来联手推动这项文学运动呢？这样的念头与想法，其实在更早的年份，我们也曾经产生过。若干年（近十年）前，在深圳的文学圈内，我们也曾聚集过一群重要的中青年作家谈论我们的理想。主要是大力鼓励和推动文学创作，鼓励推出新作品——创作出令人心动的新小说、新散文与新诗歌，齐心协力，一起为深圳的文学创造辉煌。这些设想与动机，犹如星星之火，轻易便点燃了"南方叙事"或"南方写作"的熊熊火炬。

从那个秋天开始，我们携起手来，利用掌握文学期刊和团结了一批作家的优势，正式亮出了"南方叙事"的旗帜。次年春季，有感于"南方叙事"构想的顺利推进，我写下了如下文字表达我的热望：

关于"南方叙事"，我们其实是想表达一个梦想，一个关于深圳文学的期待。深圳人，数十年间，经由祖国四面八方而来，聚集在这座辉煌的城市里，充满热情，奋力拼搏，努力耕耘。经过三十余年的努力，取得了不容忽视的成就。我们认为，从这个意义上来说，这是一种新型文学，具备了一种崭新的文学视野，它所讲述的，是关于新城市的叙事，也是关于南方的叙事。——这是我们推出"南方叙事"这个概念的缘由。

从那时起，我们满怀热情，立足罗湖与深圳，在文学期刊中开辟"南方叙事"的平台，聚焦本地重要作家与诗人。为了推动文学创作，扩大社会影响，我们与深圳大学部分文学教授与学者精诚合作，重点配发关于当代深圳文学的最新评论与理论研究成果。当然，更重要的是，我们用主要精力来推介深圳作家作品，在这方面，我们有主要栏目"南方叙事·作家作品推介"。关于"南方叙事"的理论探讨，我们有"南方叙事·论坛（理论）"；关于"南方叙事"的作家作品评价和研讨，我们有"南方叙事·评论"等栏目。通过立体的栏目构建，我们力图让读者对深圳文学的现状与发展有一个全方位的观察和认识。在这样的努力下，深圳的作家和诗人们，以重点篇幅出场，以新的面目示人，以风格各异的身姿陆续走进读者的视野。

由于杂志的篇幅和时间所限，在深圳范围内，仍有许多重要的作家尚没有收录进来。这是一个遗憾。现在，这套"南方叙事"丛书的编撰与出现，便成为深圳文学多声部呈现的另一个重头戏。在对深圳当代文学的巡视或扫描中，我们认为，通过杂志发表作品，当然是一个重要方式；通过出版社的出版和发行来推动文学的创作与繁荣，同样也是一个不容忽视的重要途径。我们相信，这些通过不同方式铸就的文字、画面与声响，将一道构筑起深圳的文学群像，构筑起丰盛迷人的"南方叙事"崭新的文学景观。

在此，我们想强调的是，与寻常意义上的"文学南方"不同，我们现今所提倡的"南方叙事"，并不单纯是一个地域或方位的概念，而是一个突出人与文学的双重自觉的文化概念。我们心目中的"南方叙事"，尤为关注它的世界意识和现代价值。

正是在这个意义上，我们自觉地将自己纳入宏大辽阔的南方概念，纳入南方的范畴。由于深圳地处南方特殊的地理位置，由于频繁国际交往和粤港澳台诸多因素的各种影响，这些由内地各省投奔深圳而来的作家艺术家，他们远离寒冷辽阔的北方，驻足于温暖南方的天空下，呼吸南方的空气，感受南方的花木，身受南方文化的影响，日渐形成了身上混搭一新的新南方气质。这些人，因此又被称为深圳新移民。我们希望，这种新移民身上新生的南方气质，能够与广州珠三角地区，与南粤大地，与整个南中国的文学风气，遥相呼应，形成气候。假以时日，他们将以新的南方文学基因，完成不同文化融合，以创新的姿态，进入中国南方新的文学编程，续写南方文学的浪漫新篇章。

这套"南方叙事丛书"，便是在这样的时代与文学背景下产生的。

收录在这套丛书中的 11 位作家与诗人，其所撰作品体裁遍及小说、诗歌和散文。他们中间，有自 20 世纪八九十年代便来闯深圳的前辈们，数十年来，辛勤耕耘在深圳这方土地上，收获颇丰。有来深圳较晚的年轻姑娘与小伙子，他们在这里嫁人成家，娶妻生子，却仍心怀文学梦想，在繁忙的工作之余致力文学创作，屡有佳构。他们无论男女长幼，都一直忙碌地活跃在当下的深圳，在每一个夜晚与白昼，心甘情愿地执着奋斗于文学的疆场。他们热爱文字，愿意为自己写作，愿意为深圳写作，愿意为梦想写作。他们愿意为生命写作。他们的写作，构成浃浃深圳民间庞大写作史的一部分。他们本身，也即是"南方叙事"大潮中的一群文学弄潮儿。

倘若阅读他们的作品，我祈愿作为读者的您——能够读到一个新鲜好奇的深圳，发现一个心仪有趣的南方……

2018 年 12 月 24 日于深圳

（注：吴亚丁，小说家。中国作家协会会员，深圳市作协副主席，深圳市罗湖区作协主席，《罗湖文艺》主编。现居深圳。）

《北面的山》序

吴亚丁

诗歌，是年轻人进入这个世界的入场券。古往今来，愿意用青春与遐思的文字，来拥抱这个世界的人，莫不以诗歌为先导，投石问路，在有意或无意中，开拓自我的疆场。

眼前的这本《北面的山》，是一本收集了作者所撰各种年轻意象与情绪的文字。

好像这是他的第二本诗作。在此之前，何招鑫说，他还有一本诗集叫《初见集》。

在深圳，喜爱写诗的年轻人甚多，若以此来界定此地为诗歌之城，亦不为过也。在这座充斥着荷尔蒙的挥洒激情的城市里，每天，每周，每月，每年……各种关于诗歌的朗读、讲座、表演等活动，摩肩接踵，此起彼伏。某些重要的官方的、民间的诗歌活动，其影响渐及省内外，乃至国内外。当然，我不太清楚，何招鑫是否参与其间。就其文本的孤寂淡

然与本城诗场的热闹喧嚣，如果做一对比，很可以看得出来
它们分属于两个不同的世界。当我开始阅读他诗歌起初的某
些章节时，我甚至怪异地感觉到，他仿佛是从黑暗中生长出
来的因子。《北面的山》给我打开的一扇门，是一扇奇怪而
阴郁的门。

在这时期，面对生活，他仍然无从理清头绪：

生活就是一个柿子
要么坚硬要么疲软

——《在萝岗》

自然，年轻的诗人，以何种方式进入诗歌，并不十分重
要。以跑步的姿势，昂扬的姿势，垂头丧气的方式，或者黯然
潜行的方式，难道能够区分得了孰劣孰优吗？但何招鑫，明显
属于后者。初读他的诗歌，事实上，曾带给我各种困惑。在这
本诗集中，他的初次登场是令人难以捉摸的。他那些年轻而幽
暗的文字，所呈现的迷惘、孤独、挣扎、错乱，他所描述或叙
述的凌乱和茫然，都让我无从把握。我甚至一度认为他是在胡
乱写作，不，他简直热衷于胡乱写作。他喜欢用肆意的拼接，
强行的延续，跳跃的、无从对接的方式，喜欢用风马牛不相及
的眺望，来表达那些破碎的概念，无关的思绪，以及黯然神伤
的意念。他似乎渴望穿行在下意识、潜意识和无意识等等幽暗
而难以琢磨的世界里。而他所奉献给你的文字，根本就不打算
为你所读懂，更不打算让你去理解。最奇怪的是，他并非是没

有受过高等教育的人。在深圳，他所就读的高等学府是深圳大学，在那里，他完成了他与现代诗歌的对接。或许，在进大学之前，他就是小学或中学班刊和校报的编辑、撰稿人，就是校园里，那些热爱写作的孩子中的一员。可是，我们仍然可以认为，他是来到深圳之后，才完成了这种对接的——不，在我的阅读中，他似乎一直在黑暗的迷雾中徘徊，在一种捉襟见肘的尴尬中徜徉。而他颇为执着于这种盘桓与迟疑，并在文字的游戏中，甘于沉潜与周旋。

这是一种让正在跋涉中的读者头疼的写作。我可以称它是一种让读者不得不经常掉链子的阅读吗？

当我读到，第一辑的最后一篇《台风过后》，我这才开始放心了。我意识到，一直到这里，他才真正开始进入了突破的状态。在这里，他才学会了真实而准确地表达自己的感情和热望。在这首诗中，他写道：

　　我的村庄像一只干瘪的车轮

　　在深陷的泥土里喘息

　　如果黎明带来伤痛

　　我将驻守黑暗

　　在断电失去通讯的 24 小时里

　　我对家乡思念如此之深

　　新的一天将要来临，人还安好

　　人都安好吗？我们悄声地问

　　我们的泪水再也止不住

在这里，他从"我"，走向了"我们"。从个人，走向了众人。不过，那当然是令他神牵梦绕的众人（亲人）。不管如何，在他的诗歌中，总算出现了他人。他自己拨开了重重的迷雾。当他跳出自己阴郁的个人世界时，生活的大门为之洞开。他的诗歌，也开始呈现明亮的颜色。我相信，这是一个标志。它标志着他的内心，终于挣扎出了那年轻而迷惘的内心的沼泽地。是的，他将那些乱麻一样的幽暗情绪——驱逐，从而还原给自己一个澄静的、可以喘息的诗歌世界。

然后，我们读到了这本诗歌集中最好的篇章。他用一种异于他人的方式写作爱情。我们通常所理解的爱情，凡人的爱情，都是让人利令智昏，泥足深陷。在现实生活中，爱情更是十足呈现出双刃剑的锋利和刺激。而何招鑫，在爱情题材的抒写中，他却仿佛展示了另外一种才能。他所抒写的爱情，是让他自身清醒的爱情，是让他笔触明朗的爱情。而当这种题材出现在他的笔下，他才终于开始让诗歌勃发出自身的魅力。

若愿意，你可以去读一读他的《看桃花》《在白天如何动情》《我懂你的 23 种欢乐》，还有《我的孩子》《我和你》和《月亮和大海》，还有《开始》。还有那些恕我不能一一提及的诗篇。在那些篇章里，现实生活那些触手可及的真实感，终于让他从流连于情绪迷雾中的恍惚状态，重新回归到了坚实的泥土。他开始关心人心与人世，开始关心爱人与孩子，开始关心每一个白昼和夜晚，开始重视每一条河流的分隔，开始明白梦与现实的关系：

　　　　没有谁在梦里

　　　　没有谁不在梦里

　　　　　　　　　　　　　　——《红尘》

在这个时期，他写下了更多清新可喜的抒情小诗：

　　　　我对你说的每一句思念

　　　　都化作花期的秘语

　　　　每一只天空里飞过的白鸽

　　　　都必先绕过我的痛心疾首

　　　　　　　　　　　　　　——《红月亮》

　　　　阳台是清冷的

　　　　没有青苔

　　　　那些高楼

　　　　静默得

　　　　只留下几盏飘浮的灯光

　　　　北面的山

　　　　已然入睡

　　　　没有鼾声

　　　　星星闭上眼睛

你把行李放下
没有说话
细腻的白霜
在心里飘落

——《北面的山》

对，忘记说了，在这本诗集中，何招鑫表现了他所擅长的一面，就是他可以轻松地写出他的那些抒情短章。起码，在这本诗集中，抒情诗是他的主要装备。他爱用简单的笔触，看似不经意的指涉，去完成内心的萌动与转折。不能不说，这与他初期那些晦涩难懂的诗歌训练有关。同时，我个人认为，作为诗人来说，这亦是一种难能可贵的才能。我希望读到的诗歌，就是用最简单的准确的语言，写出最明亮最温暖的人心与世界。

关于何招鑫，其实，我对他年轻的人生经历，还缺乏更多的了解。不过，若以诗歌论，我相信我所读到的这些诗章，预示着到了这时，他的生活已发生了重要的转折。或者，他恋爱了，结婚了，生孩子了。或者，他闯荡深圳的动荡生活，开始呈现了某种踏实的稳定。我相信，虽然诗人的内心仍然隐藏了许多隐秘的黑洞，可是，他的文字却仍然不可抑制地透露了他的生活。总有那么一些时候，他会让生活照亮诗歌。

所以，到了后来，到了他的某一阶段，他似乎进入了一个涉笔成诗的时期：这个时期是以《秘境》为代表。事实上，秘境并无秘密可言，要不就全然是秘密。因为诗与人心一样，总是隐藏在生活的暗处。他喜欢这样的命名。他的生活已经进入了一种轻松而跳脱的状态。生活，情感，思绪，关注……凡此种种，带给他的一切，他都乐于用最简单的语言来记录。他像古人结绳记事一般，重新开始事无巨细地记叙生活中的一切。依然发挥他专注隐秘，留意幽暗的特色。他以一种自娱的心情，写下他所感触到的一切。不，那其实已不是一种记录，而是一种密语，是一种唯有他自己才读得懂的密语。那是一种隐秘的思维与情感的花朵。他乐此不疲，不知道是不是一口气，就写了那么多。这是一连串奇怪的短章，仿佛简洁到不能再简洁。他甚至连题目都不关心了，只是用数字来排列。我相信，这是他内心自由且日渐执着的体现。

因此，如果一定要给何招鑫的诗歌做一个判断，我觉得或许可以这样说，在初始，诗人被所谓的各种流派各种诗歌所纠缠，他难以挣脱各种有形与无形的束缚，难以走出一条属于自己的路。他在黑暗中寻找光亮，在迷惘中堆砌文字，在幽深中埋葬自己。然而有一天，天朗气清，爱人出现，他的心里透出了阳光。他的文字倚靠生命的力量突破了重围。我对何招鑫最重要的建议是，奔跑吧，让沸腾的荷尔蒙与生之渴望，带你走出诗歌的幽暗之地，走向诗歌的彼岸。

我与何招鑫，分属不同的时代。某一日，年轻的招鑫邀我作序，却之不恭，受之亦有愧。我只希望，以后能更多听他讲述他的生活、爱恋与家乡粤西。我只希望，在狂放的酒神与腼腆的爱神的交媾与呢喃中，他能再次用广东人特有的固执与坚持，尽兴地攫取诗歌的灵感与力量。

这是诗人的宿命，也是读者的热望。

2018 年 11 月 17 日·深圳

自序

2019 年来了，时光总是过得特别快。

那几天，很多人在朋友圈转一条："原来 1999 年，真的已经过去了二十年。"我还记得 1999 年元旦的时候，不敢相信，是 1999 年了么？落款日期不能再写 1998 年了？我还对着日期发了一阵呆。

小时候觉得长大是一件很难的事。很多大人可以做的事情，自己不能做，特别委屈。少年心事当拏云。不经意间，一刹那的光阴，就是二十年。人生哪有几个二十年，这么多的事都过去了，这么多的人，都过去了。愿彼此都安好。

在这个功利与物欲的时代，保持内心的沉稳委实不易。你害怕落后，但又不能吃苦耐劳；你想安逸，又无奈被时间推着走；你要出众，有时又不得要领。不过，时间是公平的，无论怎样，你都会收到它的馈赠。

这些年，我陆续写了些诗歌。只有诗歌才是最简短的，也是最直达人心的。感谢所有过往,给我养分;感谢爱我的人,给我深情。如今,我觉得平静生活尤其珍贵,这是一段铺满荆棘的自我治愈之路。

趟过人生的河流,光有强大的内心是远远不够的,人要学会自己成全自己。

或许,每个人真正需要的东西不多,好好活着,活得干净舒心,自己有点满足就好,比如,有诗,有爱。

所以,继续写诗吧。写些美好的、哀伤的、得意的、失落的感情,还有一些人生路上的疼痛。一代人有一代人的欢乐,一代人有一代人的幸福,却总在重复同样的命运。

谢谢你们,我常常想起你们。

目录
Contents

第一辑

风来之前

窗户

在树林的南面，白色城堡盖住了乌云

我走过很多土地，也跨过很多河流

一半的清晨落在鸟语里，一半的家乡流在纸上

没有瑰丽的色彩，没有艳羡的心思

远方寄来太阳，绿叶上闪耀着宁静之光

我在窗户前看到自己，我想到那些藏匿起来的快乐

那些虚弱的荣光里，你坐过的马车，已逃离村庄

山涧，溪流，或是绿萝

如今在手中，都是玫瑰

节日

你睡着，晚风已拾起火焰
你念叨的年轻名字，藏在悄悄溜走的夜色之中
黑夜用它的骄傲，给你细屑的爱
夜行的骑手，他的背上有比满天晚霞更加绚烂的肤色
光彩如一个节日，如安静的山丘
未能告诉你更多，在这布满黑白条纹的路上，
在这褐色树叶底下，在这朦胧的黎明里

沉睡之鸟

我们翻开诗集，等待一个投影于心的傍晚，

茶杯与流散的灯光像两朵紫艳的玫瑰

在这密不透风的黑暗里相互依偎

楼道里没有三百个长夜

也没有一颗空虚的心

他们感受过欢乐，也珍惜这一片刻的痛苦，

他向他祖露了一个无垠梦境的草原

世界仿佛咫尺之间，在这潮湿的暮色之中

像一只沉睡之鸟

星星的安慰

华灯初上，夜色中的车流
缓慢从容。像飘柔的丝带，缠绕着天和地

人声鼎沸，橱窗透亮
如你的脸，眉目清秀

我喜欢黑色的事物
比如黑色的眼睛
深藏幽暗的记忆
像一条秘道，像星星的安慰

早安

白色的早晨
我乘车出发，带着雨滴
风从前方吹来
星辰已收起光芒
我坐在车里
时光也坐在那里

从前，草木重生
我们一起看打盹的黄昏
就像在一个夜晚
从一盏灯光看见所有的灯光
从一个窗户看见所有的窗户

山海漆黑，天空明亮
已经没有什么能够

让你回头一望

比时光更远的是船只
比船只更远的是波浪

一个有颜色的人

一个有颜色的人
像长了一对鹿的犄角
有人难过
有人诧异
一场黑夜让一切
都看不见

每一个念头
都是一束火焰
去一个什么地方
找一个什么地方
都化为灰烬
像天堂失了火

风来之前

今夜，你喝醉了酒
写起了小诗
像小麦种在了地里

你独自回去
像太阳独自下山
走廊里响起轻轻的脚步声
白色的墙，唱了一半的歌

这样的清晨，还有很多
风来之前，落叶依然沉醉

木门

六点钟，谁路过茂密的树林
请告诉我
何时有云
何时有雨

春天本来没有
知觉，缺少猜测
像没有上锁的门
像雪白的纸
没有纽扣

我听说远方的人
已经回来
那扇木门，如果你想打开
或许打不开了

一条河的背面

每一天
坐在窗前
都看着日落而尽
像被河水冲刷过的石头
斑驳的、凹凸的
所谓的蓝天
其实是一个盒子

有没有乌云
不是我能看见的
我所看见的
只是陷进树林的白天
以及一条河的背面

沉船

天色暗了，风吹拂着竹林
在这素朴的时间里
只有白天的我和黑夜的我
相互偎依，像两盏油灯

当我穿过黄昏、人群和街道
你在海边又捡了几只贝壳
白色的，黄色的
还有褐色的

空瓶子

是黄色的月亮么
掩住了双眼
从指缝里飞出的风
带着你的气息

夜是月光和酒
是安静的小山林
是寂寞村庄下穿过的甲虫

空瓶子，露出冰凉的手臂
也在听着这起伏的波浪

拂晓

天色尚未点亮

窗外的树林

还在夜色里挣扎

仿佛被布了咒语

仿佛被你紧紧拉住

小路布满露珠

世界已先我一步

一呼一吸

午后

这样的一个午后
在城市的腹地
白晃晃的白日开始照耀
我却潜入朦胧的睡眠

人群里不时有人在演讲
仿佛时代的巨轮响起了一阵阵汽笛

我的眼睛已经睁开
命运之神扑面而来

潮声

漫无目的的旅途，像瘦瘦的我
在无尽的寒夜中，飘如拂尘
为何是匆匆一瞥
眼神中有孤独的月影

在这一片寂静的土地上
没有白的边
只有此起彼伏的潮声

烟囱

天光渐渐地掀开
在树林里穿行
高架桥上的汽车
缓慢而又有序
它们欢快地拥有整个早晨
越过山岭，目视我而离去

你孤独时，连风都有湿漉漉的头发
如果你不暗淡
所有的烟囱都昂首起来
就像水珠，晶莹剔透

大梦

与清醒相比

保持不清醒更为艰难

你走在草地上

踩过青石

你看见洁净的瓷器上

也有难以引述的隐痛

当我渡过赤水

我想象自己身骑赤兔

从牌楼的背面

躲过历史的一阵迷雾

这杯佳酿

敬所有肃穆的天与地

我愿眼睛不再闪亮

如大梦一场

薄雾

我们渐渐走入树林

像沉没于海

我为你戴上夜明珠

看见深夜里的浮萍

以及老态的钟

我们掩饰了自己沉默的样子

愿人世的离别

像这落叶

像这闪烁的词

像这最初的光和最后的光

这薄薄的雾，你说有多经受不起

就有多经受不起

广州

十年前

我常去广州

看病，访友，在中山大学徘徊

那时候，小北还只是一个门的名字

所有的树叶都有亮光

龙洞也有温柔的夜晚

当我再次来到这里

像火柴盒一样的车

像蜂窝一样的桥洞

我被的士司机拒载，讨价还价

我的内心燃起了失落的小火苗

这么多年过去

小北早已杳无音信

那天，我发了短信

依旧石沉大海

黑夜的耳朵

1

我梦到雪
白茫茫的一片
黑夜，耷拉耳朵
在哀嚎
像一匹小狼
河流淌着红色的血液

2

冬天微白的月牙
在乌云里的爬行
见不得黎明
也见不得花海

3

委屈是垂泪的蛾子
飞不出窗
时而低回
时而高昂

4

爱得太深
难免会感到绝望
有时候是独木桥
有时候是一条白色的绳子

5

蜷缩的叶子
一片在黄昏
一片在清晨
向一个异乡人
问前方的路

壶

昨夜入睡的时候

我想起一个壶

它可能是真的

这么多天

这么多人，都提起它

装满还是倒空

冷还是热

沉重还是虚脱

但我还是睡着了

漕溪北路的冷风

已经吹起

风

从每个细微的夜晚开始

倾听风声

经常跟自己沉默

不说话。我知道不是要强

有时候也想疯了算了

或者下海捕鱼

简单就好。一蓑烟雨任平生

我愿是上山捡柴的山民，或者

是闲得没有憨气的浮萍

出游。河山大川美如画

眉宇也清秀

我快认不出自己了

飞吧，在这雾蒙蒙的天

飞上云霄，像风

飞过三只白鸽

1

十句话
内心的山岭覆盖着雪
我数着
需要多少年
才能飞过三只白鸽

2

热闹的时候
应该有棵树
它的周围
竖着一排的尾巴

3

或许因为平凡
也因为无奇
始终有个边界。
总不能说
它平凡无奇。

4

整个下午都是夜晚
一直躺着
而且我想继续躺着
不知道外面的太阳换了几种颜色
有没有一些
稠密的感伤

失眠者

当睡眠拒绝灯光
我听到一个受惊者对夜晚的依赖
怎样看待痛的世界
以及疲倦的地位
成为夜里的一颗牙齿

翻来覆去
熟悉的永远只会是路边的那盏灯光
遥远的亲人以及咫尺的陌生人
一万条河流在心中汇聚
又瞬间消失

多么纠结
我也为之悲伤不已
温柔的白天过去了

我每天抚摸大地坚硬的外壳

取悦于太阳

自我痊愈

冬日

雾气仍然很重
楼下的车子
像一只只甲虫
又像会移动的火柴盒
不时划出火光

慢慢地
太阳出来了
行人也出来了
他们相伴相看
有心照不宣的温暖

江湖

昨夜，做了一个江湖的梦
我是知府，告老还乡
夷边的女子，在寺边哭泣
红唇青衣，冰冷的刀
即将逝去的灵魂
怔住在苍老的肉身

真相是狼，虎
是菩萨的笑脸
旷野之上
白雪茫茫
多少不染尘埃的叙事
无字之碑

我递过温玉，明月夜

十里坡，马群驮远河流

不动凡心

便不沾露水

结了霜花的枯枝，明年还有

等待掉落的橘子

最好等待成冰
和着蒙蒙细雨里的疼痛
与蚂蚁在梦中练习长跑

穿过原野
穿越云层
在三国的城墙前
隐居的人
有一双故乡的眼睛

南河边上
留给晚风的时间
都打着灯笼
给月光涂一些红色
把世界画成一个
等待掉落的橘子

忧郁的火焰

窗外几棵松树
有着南方的绿
世界与石头都在熟睡
只有落叶知晓生死

寒冷来得太晚
我剩下的只有信
没有戴帽的邮差
这个冬天
可以说些什么?
一把伞 一双鞋
跟一个无法辨认的自己

摇曳只是花季的声音
贝壳已经回不去海里

我们在做着

圆　黄　酸的造句

怀念的

不只是走廊深处的光

不只是忧郁的火焰

也不只是透明的大海

牙

牙与骨头相连

闷闷的午后的风

吹不走愁困

衣袍渐瘦

早晨时

你在沙湖的 23 楼高眺

莲花山林木郁远

独坐之时

牙不安宁

无人能目睹疼痛

在辗转难眠之后的风高霜洁

只想溶于泥水

连同骨头

柴火

一夜
天就冷了
而一夜
又能做点什么呢
秋天落荒而逃

没有风
吹动的
只是自己的手指

柴火烧尽
茶杯空空
有人依窗
倾听这茫茫寂静

尾巴的故事

变不变脸
已不是向日葵的心事
在房子的中央
从未有过
如此紧实的风

隔着护栏
隔着蔷薇
我坐着边沿
听你讲关于尾巴的故事

有时候等待和希望
像疼痛，像受伤的小鸟
它徘徊，又飞起
又坠落

我想起
科技园的早晨
人们簇拥着
一起去上班
多么青春的样子

九月一日

日光上来，把上午照得稀薄
恍惚间，回到小学时
天空挂满了棉花
一朵流云落在了红霞旁边

芦苇说，等到明天
世界又是另一个样子
我忘了告诉你
再往东，就到了海边

这不是最安心的时候
却是我们所有的
等过了黑夜
又是另一个早晨

关于秋天

风起床的时候我也起床
外面下着大雨
梦里的姑娘还在
多么静，多么静

没有人跟我说话
桌子不发一言
衣柜不发一言
我期待从地板里长出谷物
长出百灵鸟和火焰

关于秋天
都有一个云的记忆
只是 一群慵懒的马
往往走不出房门

阴天想起的若干往事

是明暗的光线
是寂静的午后
是一只蚂蚁的路过
眼泛泪光的伤心

需要火车么?
需要木牛流马么?
大水来临之前
在一个阴天
想起若干往事

不谈奢望，不谈佛力
不谈今天或者明天
在这一页信纸之间
疼痛背负一夜的月光
一遍又一遍摸着珠子

如若风起

青金说

等待吧，记住海水

步子在动，红叶依旧

我从梦里醒来

不知道 怎样编织

这些彩色的故事

许多陌生的脸

多少真相

梦去千年

我搬去炎热的夏天旁边

顺着光阴的方向

变身虔诚的祈祷者

如若风起，我便站立
为你而唱

夏至未至

推门而入
狭窄的楼道
撑着一盏灯
在挤迫的日子里
走走停停

时间也散在院子里
把自己藏起
把悲欢折叠
在心里放一汪湖水

到底还是夏至未至
树木葱茏
就像爱，像这天空
像一跃而过的澄明

致小师兄 mohrss

你在的地方
都有温暖的阳光
还有些风
还有些故事
极其安静
这就够了

"过去不重要，
一切会回来的。"
当我想起天空
无字的书
一匹白马
奔驰过的雪原
读后即忘

有时候

我像看着兄长一样

看着你

向着你衣袖上的松鼠致敬

它代表我们得意的梦想

也代表我们欢快的时光

新年

顺路而下
经过蓝天
经过绿树
我们从远方驶来

度过安详的岁月
也见过大海
白云静止
我已与你浓得化不开

这是南方的新年
远处的挂灯像脸
三十年后
除了松涛，还在耳边
但愿人长久

黄昏的杯盛不了来自窗外的幽暗

从一条路走去
从一条路回来
不记得星辰
也不记得拥抱

紫牙浸泡的岁月
与青牛同行
江山迟暮
美人依旧

只是黄昏的杯
盛不了来自窗外的幽暗
一位老人牵着一条小狗
站在榕树底下

酒杯

今晚，我十几年不见的同学们

正在聚会

他们在灯火明亮的餐桌上

互吐心事

有隐约的兴奋

洁净的瓷器有他们脸上的光

我知道

多少悲喜的时日

无一不沉没在那些交错的酒杯里

经书

向左，其实没有密林和糖果

向右，也没有耀眼的星光

编织天空的老人

已经睡去

偶尔吐露

黑夜的声音

一只手写着黎明

一只手紧握夜烛

无人的家园

你就是沙滩上卧倒的马

在封冻的岸上

在多余的季节里

你一路念着听不懂的经书

水至清，无鱼

水不清，有鱼？

悼云宗师兄

清晨的平静如往昔，无边无际
很多人在昨夜一直穿越今天的梦境
云是一片天空
踪也是一片天空
有没有影子都同样占据着森林
最亲的和最热切的
是归来时你仍然在

在萝岗

在天鹿湖

小宁说

他想很多人的额头很多人的发

在白兰花

有烫嘴的咖啡缭绕的烟

在牵牛谷

"青龙"有悔

在萝岗

有流浪的眼睛斑驳的枪

生活就是一个柿子

要么坚硬要么疲软

二十年飞逝的时光就像一道绚烂的彩虹

一切未曾改变

落日如铜镜

黄山谷的豹

冗长的一个下午
冗长的脸
冗长的嘴唇
冗长的眉毛

空空的肩膀
他流下伤心的泪水
只有苹果才是鲜红的

"神龟虽寿，犹有竟时。"
一头黄山谷的豹

光阴

从昏睡中默默醒来
外面一片寂静
就像雨来之前的那些光阴

我发觉
温柔的部分
时刻都在
每当凉风吹起
就想跟你依偎
看井水清澈
大山巍峨

人生某些片段

每隔不了多久，我总会
在办公室坐到晚上十点
总有那么几个刹那
让我想起车子跑在福银高速上

很多时刻，我在心里不断地问着
生活究竟是什么样子，我将抵达何方
在那一排排笔直的白杨树下
读书写信，没有电影院
我等星星出来
青春已逝，默默念颂

当车子爬上了高架桥
那种辽阔和奔放
让我深深着迷

他乡的清风拂面

我仿佛看见了人生某些深邃的片段

正隆重记事

万物生

下班
万物懈怠
倦鸟归林

还是世间好啊
暮色苍茫有暖意
倘若青山如洗，不负如来不负卿

往事

夜晚的立场非常迷离，对着窗外的风景

没有理会任何人

习惯于自己的优越感

尽管听者寥寥，讲述的兴趣无减

与灯光无关，与抒情无关，与爱与恨无关

我们都心意相通地等待一颗子弹

等待它的飞啸而过

划过身影，划过灯火辉煌

划过如烟的往事

冬天

多日来，像是疲惫的行客
每夜匆忙睡去
每晨匆忙醒来
无可告慰，好似生活本来的面目

十一月，我等待的一个傍晚
径直奔向海边
寻找夕阳，会游泳的渔船
无声的灯塔，用手指
数起天上的星星

隔着安静，波光粼粼
一转眼
已是冬天

一个深居简出的人

手机快没有电的夜晚

我不敢深睡

生怕闹钟不响

生怕黎明心急如焚

生怕错过接你的时间

生怕走错路

生怕行人太多

于是我在凌晨四点醒来

安静等待

看韩东的诗歌

看他写一个苹果

看他写一个深居简出的人

和一个浪迹四方的人

的故事

台风过后

当世界的目光都聚焦在马航 MH17 身上时

我的家乡也在遭遇有史以来的最强台风"威马逊"

它在大陆最南端，它如春雷般响亮

它那么弱小，又那么坚强

如果今夜可以无风

我一样无眠

掀翻的车辆，连根拔起的大树，从高楼脱落的铁皮随风飘荡

我的村庄像一只干瘪的车轮

在深陷的泥土里喘息

如果黎明带来伤痛

我将驻守黑暗

在断电失去通讯的 24 小时里

我对家乡思念如此之深

新的一天将要来临，人还安好

人都安好吗？我们悄声地问

我们的泪水再也止不住

第二辑

晚来有风

我们短暂忘记了远山

在夜晚，总想飞过那片茫茫的草原

没有背负什么，也没有话语，

这些年，我们靠热情抵挡冬季，把火焰变成了我们的手链

数不尽沉甸甸的泪珠，像星光

在橘黄色的灯光下，融化

我们短暂忘记了远山，

当年，手执信书，耳畔回响

土地里何止有稻谷？扬起的风，不够白昼的白

阿苏，快乐吧

不必骑马来回，我会慢慢把夜揉碎

端一盆海水，像拉起生活的幕布

周三的情书

九月即将远去

秋意渐浓

在子伊路

我沿街漫行

车水马龙

城市在山林里跳荡

平心而论

这样的日子何其恬淡

只是等着你来

今天周三

清风有意

桂花有香

我想跟你一起划船

一起出海

此生不过是一朵浪花

寒夜

夜幕降临，我一个人开着车
寻找你，街灯像散落的珠子
每一栋柔软的房子，都挂着冬天的善意
忽然就看见你
看见这红衣长裙
一路上，你没有出声
只是轻轻咬着，我递过去的饼干
没有一个夜晚像这样的安静
我的欢欣是你的，忧愁也是

我们

放下手中的书，
我终究还是放不下你
漆黑的夜晚
仿佛是从酒瓶子拉出的幕布

多年来，一直在路上
你假装像个坚强的人

或明或暗，从遥远飞向辽阔
从土壤里长出来的热爱
倔强 不屈
都是你的

像一只鸟

像一只鸟一样
飞去远方，看树木接二连三
露水未干的时分
我从星星那里
得到细雨，在屋檐下筑巢

在日益稀薄的爱里，我在等你
等你在黄昏时候出现
你会看着我的眼睛
或许在东边
或许在西边

晚来有风

风落在屋顶

星星被吹得凌乱，像手中放下的线

你低头走着路

未曾想过

路灯从这头升起

在那边降落

我也知道，等一个人

就好像等一阵风

是淡黄色的寒夜

是寒夜下的路灯

有一天

有一天，你捡来木柴
燃起篝火，在海边

火光里，眼睛像闪亮的星星
你说，渔船的灯还亮着

这凝结的黑夜
周围围满喘息的小野兽

我困了，假如这一生都是这潮声
我听着，就睡在你怀里

你的名字

我一笔一画
写你的名字
飞过麦田和棉花
空白的纸上
有你也有我

"我要挽着你
从这一边走到另一边"
我相信有一天
你的肩膀靠着我
像靠着门

你的名字
就是我的梦
你在沉思时沉思
你在盛开时盛开

做梦

你做了一个长长的梦
那么多的细节
5 点起床后你都记下了
金碧辉煌的宫殿
黑色的嘴唇
脖了上一大串的珍珠
说吧
你是一个有画画天赋的人
却毫不知情
还有巫婆般沙哑的声音
也被我记住了
我好像也刚做了一个梦

看桃花

当我们穿过

欢乐海岸宽阔的广场

音乐喷泉

红色的、蓝色的水珠

也在赶往一个温暖的季节

只要我们不闭上眼睛

我们都能看见桃花

今夜止于语言

红色的符号、阴天和斧头
心薄得像一张纸，托不起水滴
今夜，一辆灰色的车和无声的街头等待灯光
时间不能倒转，叶子不能开花

今夜止于语言，止于平静
我把世界一分为二，如同白天黑夜
如同白色斑马线
毯子包裹着担忧，路上的人叫嚷着

我也想唱歌，今夜
带给我们一个新的岸
新的星光
我们歌唱未来

我懂你的 23 种欢乐

小脚步
小脚印
我内心数着节奏
从去年的秋天
开始铺开

多少个侧面
让金黄色的阳光
在你的额头上
写下早晨
每一次对白
都像是跟影子恋爱

还想听你呢喃细语
陪你路过流淌的明月

春风沉醉

我懂你的 23 种欢乐

欲罢不能

在白天如何动情

吃过午饭

满院子都是阳光

我们散步

在第一圈的时候

遇见你

我抬头望了望草丛

在第二圈的时候

遇见你

我拉了拉袖子

第三圈

所有的语言

都掉光了叶子

在白天

很多人不懂得

如何动情

美丽的衣裳

今晚
请你为我跳支舞吧
或唱首遥远的歌
你轻咬朱唇
路上已无行人
我渐有睡意
寒风里有鹅毛般的温柔

今晚，请等等我
为何那灯光一照
我的心突然很凉
这无止境的路
半醉半梦之间
这生的欲望
像是一件美丽的衣裳

你是鱼

那片云彩

已落入天空

河流缠绕的城市

来不及拨开迷雾

与树木相见

你是鱼

溪水是你眼睛的颜色

如果没有雨

没有游去

也没有游来

等你回过头

等你猜出心思

等你发现渔民和树荫一样

其实我们都是相同的人
这样想着，日子又蓝了

碧岭的黄昏

碧岭的黄昏

像睡着的孩子

青金掩护着黑暗

星星在连续奔跑的路上

如果天空成为深邃的海

五月没有匆匆的落花

我记得飞鸟曾经

在面前吐露心迹

我是一个木讷的人

不懂歌唱和醉酒

我看见

你的迷失是他的进入处

从你安静相望的另一边

渡口

如果让你成为那朵花
把自己绽放
寂静地
披上红衣裳

我会爱上那条清溪
爱上藤，爱上天上的流水
梦寐的白夜
白而灿烂

你本是我心中的渡口
我是你的艄公
生命茫茫的最初
渐入秘境

我藏好每一粒石子

有时候醒来

外面并没有敲门声

不知道结局

结局是一只孤独的鸟

从三月到四月

我记得我一直穿行

在波光粼粼的夜里

我是你流浪过的一个瓶子

装满了我的秘密

在同一个太阳底下

你看见我，我看见你

"我只能从星辰的高度爱你

像月亮爱下面最小的船只"

人生如此漫长

我藏好每一粒石子

烟花

在太阳下山之前
那抹红光照在你的脸上
你扑闪的大眼睛
抿嘴的笑
小指也有柔情
如果夜里无人
我想偷偷为你
放一片烟花
摘一颗星星

夜晚会在几点到来

露水，在太阳底下，
闪着光亮
穿过许多睡意朦胧的桥
像我们一起弹过的琴

上坡，下坡
像甲壳虫的样子
总是有离聚的影子

比如日光，难以形容的蓝
你和我，都忧郁得难以开口
你能抱我么

夜晚会在几点到来

出发

就在雾气还没散去时
衣领还有余温
就在那个白色路口
红灯还无尽温柔
就在晨风吹起时出发
驾车去远方
一弯明月
挂窗边
路是软的
心是软的
碧岭碧岭，我爱碧岭
出逃的大鸟
就在指针掉下的时候
我突然想起
我忘了跟我的爱人
说再见

骑行

暮色低挂
春天已在此挣脱
绵延的公路
载着摩托车的喘息
许多鲜红的气球和瓜果
空气里飘着繁花的吻

竹林里，赶羊的人
没有错过最美妙的时辰
被暖和起来的
是美好的往事
遥远的，短暂的
爱与恋

我想跟你分享同一个

静谧的黄昏
你看松崖小学
你看国旗
你看山谷里鲜油油的田野

我的孩子

五点了
快下班了
天暗了
路开始堵了
我还在南山

小床是你的
玩具是你的
笑容是你的
气球是你的

今天
时间像被磨平了一样
缓慢爬行

时针和秒针不断后退

它们不知道

我有多想你

秋天

黑夜从东边斜靠过来

你眯着双眼

在我心里跳跃着

这是美好的时刻

我想跟你说会话

说每一种幸福和辗转反侧的念头

十个手指

十次梦呓

我趴在大海的背上睡着

像码头上的蛙鸣

如果电话响起

就说秋天不在

天空中的云朵

清晨，闻着阳光出门
一路上，车流穿梭
像昨夜一粒粒的往事
带着一些平淡的热烈

有些人，哪怕陌生
在纹理和感知上
趋向于彼此融合
如同水滴，渗透在田野里

谈论，或者偎依
在平凡的夜
铭记，或者不曾铭记
像天空中的云朵

这一刻的明媚

这么多人从她身边走过
没有看到她
今早阳光无比灿烂
她青翠欲滴
像一个怒放的生命
我拿起相机
拍下了这一刻的明媚

夜路

在夜路上，我们都不说话
有时候，寂静就是声音
相对很多事情来说
无声就是饱含深情

比如明天天冷
你帮我收拾的长衣
比如我爱的那盆绿萝
你早晨起来给它浇水

我愿称之为晴朗的夜晚屈指可数
如果可以
我们一起坐，一起喝茶
晚风清凉

满天的云霞

就在码头徜徉，遇见老朋友
刚从办公室出来的他
看见满天的云霞
急忙用手机定格
他的欣喜，让这个海边的傍晚充满温情

路的对面，他的她在等待
她四处找寻，沉默的路灯昏暗无声
他急忙穿过车流，向她奔去
我想起书里写的：
"他们漫步到黄昏，后面跟着他们的马"

生日时我们谈论幸福

喧嚣过后

依旧安详

许多年来

我总把努力印刻在

时光的脊背之上

你时而感激

时而怨怼

我的老练和深情

轻声感谢

在晚饭后

对生活幽默

是我们最为缺乏的

生下来

你一直带着太阳花般的骄傲

我会爱你

也会收起利爪

亲爱的

黄昏无比短暂

我的指甲

只想碰到你

更深一些

台风

来吧，台风
我已将阳台清空

昨夜的月光已散
有时故乡的庭院也长出梦境

夏日

回来，已是傍晚
下过雨的公路，仿佛李斯特《爱之梦》的影子

他疲饿而又冷静，
没有缘由，在路边买了周黑鸭鸭翅

真辣啊，心都痛了
夏日是结了草的花环

欢聚

他姗姗来迟，借绵柔的风
三月，我们喊来春天和酒
不管你来不来，今夜都是要醉的

她只是笑，她也只是不说话
天才晓得，白灯对光阴的谄媚
杯子是温婉的瓷，茶也是新的

多希望我们永远开心，像熠熠星光
多希望我们彼此惦记，像初初相识

开工日

要做的事情很多
给同事拜年，给花草换水
发信息给亲友，准备红包，给熟悉的陌生人

晚上有雨，有人在喝酒
湿润的回家路上，还飘浮着节日的彩旗
灯光从我的脸上划过，像飞快的蛾

我已经习惯安静，我不告诉任何人心声
这么多年，我只把一颗糖果
给过树影

下雨天

有时候，躺在阳台上

想一场下雨天

想一条宽阔的路

想你喜庆的日子

想你的琴声

想我们按部就班的生活

楼下那么多人的身影

没有一个像你

这嘈杂的人世间

也只有你，比菩萨有更多的慈悲

但愿天空照耀你

沿途，景色如画
面对落日，我欲言又止
我原谅你的沉默
让你一个人把影子留给山谷

那一夜，星光熠熠
那么美，又那么短暂

再见比不见需要更多的灯光
我一人独坐，落叶也知晓我心迹
但愿天空照耀你
河水清澈如故

八月和海

他说，"夜晚的树木像甜蜜的回忆"，
在开始跑步前，连同路过的田野也小心翼翼，
试探丈量这一片土地的真实性
可是有时鸟儿，也隐藏在如云的棕榈，
只听见叫声，听不见对八月和海的渴望

夏天的夜晚

夏天的夜晚

特别是下过雨的夜晚

很静，很悠长

悠长得仿佛这一生

就是这样

我分不清谁是带着雨水的陌生人

谁是我

第三辑

月亮和大海

来时

对于山的盼望
等同对于光的盼望
石阶之上，所有的云朵和巍峨山脊
慢慢爬行

一夜又是一夜
全体星辰集体起立
这一生，灵与肉的伴行
穿过深谷
让悔恨带走悔恨

我轻声道，"你坐在我的边上，
就在这段，我们一起举手"
你看，远方的马儿
回头已失来时路

一粒尘

黄昏时分，我开车在路上
刚下过一阵小雨
却浮不起回忆的一粒尘

数日几无声息，时光已跌落深渊
我听见风声呼呼作响
仿佛一个人微弱的叫喊

我从未感到天色如此的暗
只留下几道的微光
人心啊，若枯寂是多么荒凉
人世啊，若荒凉是多么枯寂

月亮和大海

中午走出大楼，日光重新回到天空
所有怕冷的人
都呼出一口寒气

餐厅的人很多
几个服务员在小声聊着
月亮和大海
她们应该不会谈到

当我吃完饭，这个早上就过去了
突然它们就成了回忆
就像我一直站在原地
你已在星辰之外

我在暮色中等你

佛说

无爱无怖

不怨恨任何人

河水不会带着沮丧

奔向它的岸

原谅我笨重的身躯

飞不上天空

给冬天最后一颗葡萄吧

我在暮色中等你

愿岁月能再饶人

我和你

从天空飞过
我更愿意用整个夜晚去穿过申城
反正我已丢失
被火追逐

无路可逃
缄默不语的是我
我爱这一片黄昏
也爱你

徐汇与浦东
隔着宽阔的黄浦江
我和你
只隔着一句思念

北面的山

阳台是清冷的
没有青苔
那些高楼
静默得
只留下几盏飘浮的灯光

北面的山
已然入睡
没有鼾声
星星闭上眼睛

你把行李放下
没有说话
细腻的白霜
在心里飘落

银针

我将小声告诉你一天所想
月明天黑，夜风有刃
初冬掉下的一枚银针

路途上满是饱蘸的身影
有时抬头仰望
有时呆立着

我想你在身旁
帮我剥去层层绷带
看一个无籽无核的我

星星

我想给你一个蓝色的房子 和我忧郁的心
隔着海里的水草 说不完的话
我喜欢你银色的吊坠 飘散的长发
倚着门框 我无力看着太阳在飞走
有多少双眼睛 像夜里的星星
我知道天空也有纯净时刻 甜蜜瞬间
从红绿灯到红绿灯 我们走的路
有树叶那么长 我知道我要走了
但我只想带着这 红红的月亮

午夜的来信

起床号鸣起时
我还在想一个金蝉
如何脱壳的故事
黎明的世界
只有寒气
每次给梦醒者都
烙上悲痛的红晕
后来，你跟我说
有一份午夜的来信
但愿也有祝福

夜里的鱼

夜里的鱼

夜里的水

冰冰的

说不清楚

哪里来的风

哪里来的思绪

哪里来的飞虫

去往东边的路上

唇与唇的相遇

谁也无法从日复一日的墙壁中出来

夜里的鱼

夜里的水

冰冰的

我又重走我熟悉的街

这边的光

这边的火
这边的潮湿
被遗忘的　被吞噬的
都像是一只虫子
不断俘获你的心

碧绿色的兔子

蒙住了双眼 再也看不见
这一片茫茫的大地
也不愿看见 迷糊的光亮
照着这白而寂寞的长路

春天，南方，温暖的爱
与旧式收音机一同逝去
碧绿色的兔子
心中积累了
多少伤痛

鸣叫 不停的鸣叫
只是想让你听见
有些美好 只能属于过去
在童话森林里

带着化了妆的绝望

我们为什么不可以相互祝好
只是祝好
没有晦暗的想法
在某年，某月某日

我们的城依然攘攘

这样匆忙
路程与气味都在
暖风吹动的星星
向我们飘来

"多年前，我曾想过我们的房子"
有绿草和山地
只是留下湖海遥望
东边白纸，西边绸缎
意味着某年某月窗檐下的一滴雨水

我们的城依然攘攘
手心依然温暖
我们在车里
穿过夜的肚子
像一颗稻谷落地

一只虫子的内心

一低头就是思忆

侧面就是窗外

阳光吹起的泡沫

一个个破去

我们数白色的帐篷

能留住多少热风

轻声轻语

像一只虫子的内心

午间的木床在拍着板子

滴滴答答

你若无声，我也无声

在左手第二间

三点离去

你的眼泪

你哭了
凌晨 5 点钟起床
为了天亮之前赶到镇上
下雨天，一把
孤独的花伞

对着干冷的汽车
你只想踢它的屁股
每天来回追赶
你也许明白，日子
就是一个陀螺
在田野上转
在尘土里转

你用手捂着你的脸

对我说你很快乐

午夜的星光里

有你甜蜜的玫瑰

红尘

如同这样的天空

我们隔得很远

红的眼睛，红的红裙

红的思念

我始终不能开口

说爱你

多年前，我站在对岸看你

也曾想过乘船

湖水静得像透明的岁月

每一棵草都藏着露水

红尘里有多少疼痛

化成白色的雪花

深深埋进泥土

一袭红衣

没有谁在梦里，没有谁不在梦里

临岸

临岸，徐行
等天色渐暗
波涛就是原野
而霞光，在身体里交会
一点一点融化

止步花前
开始一个季节的旅途
我忘了我的吉他
放在何处
一根葡萄藤
带领我，穿越篱笆
少量迷雾

春天来了

像一只青鸟，栖落

我的肩上

等待是密语

如果归来，是你

道场

像鱼儿在公路上

自在，软弱

忆过往

幕幕在前

思前后

梦里是客

某时或某刻

或无先后

道是金玉良缘

只念木石前盟

若远若近

若即若离

修行不在山上

你的道场

你的坛城

发心为首

此一念彼一念

青云在上

借来的时光

等这一段路消失的时候
就离家不远了
我把车子停在树林底下
等待
借来的时光

花瓣还在原地
未曾飘散
他们执着得
像一粒粒稻谷
一次次按住心中的芒

聚水为云，指云为马
破蛹成蝶的蝶
有多少日子耽于薄酒

这一生
就是那一叶盛满温情的浮萍
负重的，易沉的
可又穿江入海

窗台上的花

这样默默
叶子的呼吸

沿着白色的线条
慢慢越过镂花的铁门
院子里的井水
流进阳光的眼睛
她还是这样默默
像木盒上留下的墨痕

"就这样"

没有多一句
也没有少一字

你和窗台上的花

或者

只是等待

燃烧的黄昏

在路上

在路上，想起你和我

夜灯璀璨如钻石

车流如织

我们除了望见了天空

也望见了彼岸

在临行之前

真想为你下一场大雪

你有木质的温柔

青春的梦和妩媚的时光

冬日里缱绻，初春与小孩嬉玩

草木染绿，诗书一卷

告别一生的泥土

直至，夏日醒来

红月亮

你曾经是我天空最亮的星星
伴我度过淡蓝色的夜晚
为何一阵风
就拐匿了你
藏在镜心，沉落湖底
你要知道黑影幢幢是孤寂的
像燃后的木炭一样清冷

我对你说的每一句思念
都化作花期的秘语
每一只天空里飞过的白鸽
都必先绕过我的痛心疾首

所有人都说
春天是新生的季节

当天空没有你

红月亮也被种在土地里

我等得到它发芽

我等不到它发芽

没有人能告诉我

过客

我曾经无比热爱这个地方
也曾经无比渴望逃离这个地方
无声无色的夜晚，只有海水在闪亮
你曾经说过
会过来探望我
我曾经看过飞鸟收起双翅
只是你从此不再来
就这样吧
光阴 他只不过是一个过客

心事

那天早上，你推门而入

穿着布碎花裙

穿着白色的高跟鞋

默默地走到桌子前

默默地坐了下来

没有说话

没有哭泣

静静地坐着

没有人知道你的幸福与哀愁

没有人知道你的心事

开始

我以为这才是开始
或许，开始并没有哨声
二十年，像今晚不自在的夜
又像一群熟睡的夜鸟
树枝大片大片地伸了过来

我没有饮酒
酒是为深呼吸的人准备
我也没有哭
很多烟花，很多焰火
下面还闪着很多黑眼睛
曾经像长廊一样的思念
现在薄得透明

如果这才是开始

溪流、果树和深海
哪个才是结束？
我看到我熟悉的恋人
淡妆而来
你们依次上台
又依次走下
翩翩起舞

每次都是在夜晚
才渐渐迷失自己
下次能不能
在下午呢
下午，我想起
文山湖
总有一群懒散的鱼
一生
都游荡在湖里

五月

五月，我点燃指尖上的火焰

一壶冰岛

揉碎寓言的静谧

举杯便是遗忘

一场貌似春天里的雨 酣畅

再怎样甘醇

也抵不过洁净的脸庞

我所有的词

都压在这里

五月的秘密

跟随远方

没有吹散，没有挽留

有人骑马而过

在夜晚中间

有时候
白天也是夜晚
或者说
夜晚也是白天
总是几碗米饭
几杯茶
然后散步
我们总在谈话中
路过傍晚的草丛
很多要做的事
像远处的路灯
看起来很近
不是我倾听你
就是你注视我
站在窗台的那刹那
我竟忘了那条隧道的名字

谁

打开虚掩的小门
江边的木船已经入眠
锈迹斑斑的铁栏
谁在黑暗中与你对望

从人群里走来
在灯光里离去
谁记住了谁的笑脸
谁学会了谁的欢乐

风吹来
把往事的一角卷起
所有清醒的布匹
带着夏天的沉思
跃入湖底

火车驶来
在无人的半夜
窗户是半开的
五颗星星的夜晚多么廖廓

偶遇

多年以前
我也像多年以后的现在
这样等待
等你去了南方
等我去了北方

我对你说了话
你给我发了信息
在凌晨一点的烟囱上
星星形成了钟面

"不曾想到这些
收割已经结束
津渡迷雾,交杂在田畴中"
我本来就在原地

三十年后
我们都学会了遗忘
不止于皮肤
不拒于塔身
实际上
我们都爱美丽的躯壳

寂寞的人

不能安睡，我只能坐着
等待凌晨，等待文字的形状
垂直降落，犹如一朵莲花
插在乌黑的天空
寂寞的人
打开寂寞的灯光
夜晚温婉如画
想爱一个人
直至一生

祝 福

有时只是瞬间
有时只是一片叶子在心里飘落
有时是城市里的灯光
唤醒了明月的夜晚
风能当我邮差
也能陪伴你
人们称之为祝福的东西
我也有
我想给你

黑色的烟

夜晚呵，

看黑色的烟从树林吐出

沿着车窗滑行

绝尘而去

做着鬼脸

总会有时间，总会有时间

琢磨一百遍

寻思一百遍

白色的灯红色的灯

黄色的牌蓝色的牌

我想你对着我又背着我

背着我又对着我

像刚刚路过，就像刚刚路过的

黑色的烟

箴言

黄昏已经来临
有人在等待
有人准备离开

更多的时候
是心慌、意乱
不安、绝望
穿过我们曾经的原野
再往来时处去

像是箴言
有时候
孤独至极
就在絮风中
无根无由

与远方的你有关

仅有的一个下午，与将赴远方的你有关
你的脸有点红 手有点烫
多年之后，我还会记得你头发的气味
像冬天院子里飘出的花香

仅有的一个相处的下午
等我赶到的时候
你就要坐上即将远行的夜车
我在路边跟你挥手
看你落寞的眼睛，和不太清楚的脸部纹路
每个路人都是一面旗帜
为你送行，一路平安

寂静的黄昏和寂静的夜，无声来临
那个下午已经消散

仅留一个转瞬即逝的背影
我想起你转过去的脸
想起这个空荡的城市
和你左边无人的座位

我没有时间的夜晚

我没有时间的夜晚

对着你寄来的信

没有动笔

我只是静静坐着

坐着，幸福着

我没有时间的夜晚

18 岁之前我们未曾相识

18 岁之后，我们坐在了一起

然后又分离

你往北

我往南

透过夜晚总能看见太阳

透过星星总能看见你

如今，我们站在城市的两边
我知道你那边也并不温暖
我闭上眼睛
看到四年前
你抱着一堆白色的书
走在安静的小路上

落叶

小 M
没有你的电话
我觉得日子是这么安静
我闯过南海立交的桥洞
没有几个行人

小 M
我该说些什么呢
该说，你真的不像我那么
勇敢么
不像脚下
这坚实的土地

小 M
你知道么

我现在都不敢一个人走路
甚至遥望远方
我突然觉得
自己不过是逆风上扬的黄叶
然后随风飘荡

石头里长出的花朵

昨夜，你说起了妈妈

说她的辛劳

说她的点滴委屈

我小得像一粒沙子

夜风，披上红色的围巾

房间里一直安静

只有

窗外的车流

才欢腾不已

星期五迟迟不来

黎明迟迟不来

我习惯了晚睡

等待缓缓降落的晨露

从石头里长出的花朵
长在我们的心里

荔林

那是我们第一次拥抱荔林
我站在岸边，湖面吹过阵阵波浪
如此安稳和宁静
那时候，天空没有被染色
一整天可以美好地想一个人

第四辑

秘境

之一

走走停停
天色薄如纱
线条下的山
匍匐前进
念词
心中有佛

之二

不是种子
也从一个村庄飘到另一个村庄
不是青石，却像冥想中的打坐
我们都在静静 等待
一只鸟飞来
或者驮着树影的颜色
或者衔着一朵忧伤的花

之三

恍惚间的晴天
仿佛月光照耀下的田野
如果我来了
心事也会跟来么

之四

时间是指间沙
当我说我在看的时候
比海水更广阔的天空
就在你的脚步上

之五

要如何记下
孩子渴望书本的泪痕
远处群山
黄牛躲在云里

之六

明晃晃的阳光晒着被单
那你就闭着眼睛吧
你有波浪的胸怀
风沙咬不动的双唇

之七

记忆原本是青蛇

滑腻而隐匿

很多残章断句

记不得是留在哪一年哪一月

之八

这是谁的夏天?
忽然暴雨
忽然天晴
当你说你在春天会飞的时候
天已经黑了

之九

如果在夏夜，一个旅人
无法睡熟的话
就会梦见一箩筐的往事
一只火狐，躲过了星月的眼睛
躲在他的身后

之十

总有放荡不羁的时刻
就像这傲慢的南方之冬
默读着不见的星辰
和你的芳名

之十一

我想念你的时候
天空又灰蒙蒙了一些
左脸右脸都是你的脸
左手右手都是我的手

之十二

如果这是我的一点小心意
你不要嫌弃
不要去跟树木说
不要再去怪雨水

之十三

顾不了那么多
连同我的莽撞
情不自禁

我想你，我就去看你

之十四

在皖厨，有一面镜子
很少能看到静默的人
他们阔论，又手舞足蹈
滔滔不绝

整个晚上，一茬一茬的人
只有我们不动，像堆在一起的红苹果

之十五

发光的海水擦亮了眼睛

我们扶着绿篱

在黑夜深处点灯

之十六

雨水蛰伏在车窗前，夜色降临
而收获一句思念就是收获一片南山

之十七

在这个摊上，清白与肠粉同在
苦瓜才是白天的回忆
我坐在离海最近的地方
经过的人问，你知道星鸣路么？

之十八

耳边吹过软绵的夜风
与海风有不一样的清凉
只是这一刹那的经过
能否在你心里划出一丝光亮

之十九

节日近了，我已酿了蜜酒
准备篝火，与你共度

之二十

那天我们泅渡来此
白天与木头攀谈
清淡至极，仿佛得遇故知

之二十一

不要提起海螺 、花蟹
十年一念，碧海悬崖
汕头从一片绿色的田野里钻出来
从丝绸的长飘带里绕过去
远方已经熄灯
今晚的黑斑鱼，不仅只属于海岛

之二十二

每隔几年你漂洋过海来探我
我知道你也辛劳
火车已经开动，外面灯火全无
我曾经胆小，敏感
像一只四处躲藏的小鸟

之二十三

多少年
匆匆逝去
我消失在哪里？
从村里跑进黄昏深处的几个孩子
多像隔世的我们

之二十四

夏天的松树林，有人间冷暖
要装作心满意足的样子

之二十五

在夜晚的雪与雾中
我路过那座金碧辉煌的塔
路灯越亮，我越伤感
缓慢的时光，没有同行之人

之二十六

雪山那么高，素得只剩下白
有时候在家，我的心里也飘着雪花
你眉毛清扬，脚前有灯，路上有光
这一生，你最想做的也是光明之子

之二十七

出发时，天地清静
万物有爱，我像一个孩子
像一滴雨，落入人群
看一眼天空
看一眼地上的云朵

之二十八

留给午夜一封信：
我们跟在时间后面，与自己重逢
路与路之间没有护栏
那些细密紧致的花，跟鱼一样

之二十九

猫是安静的
不比灰灰的面
像连绵陡峭的山脊
延伸过夏天的海
窗口朝南
往事朝北

之三十

从窗望出去

已经是深夜

路更宽阔

树木更绿

我感到了其中诗意的安排

世界正在年轻

而我逐渐老去

之三十一

在夜晚中张开的双臂
像悬挂在崖上的风
朴实的人画不出草船和靶心

之三十二

星辰照耀溪流，夜风唱着赞美诗
感谢遇见的每一个温暖的人

之三十三

你看见的这片海，宛如我蓝色的心。

你不能说我一无所有，因为有你。

之三十四

何妨将爱过的人重新再爱一遍
但雾太重了，山在向我聚拢
如倦鸟投林

之三十五

走过这段默默、洇湿的小径
你垂着手，静悄悄地
为多疑的探听。晚风薄软
细细的树枝还在头顶回旋

之三十六

归去吧
我将小声告诉你一天所想
月明天黑，夜风有刃
初冬掉下的一枚银针
路途上满是饱蘸的身影

之三十七

白露已起，白兰散尽夜晚的香气
梧桐山南面有棵树，月亮升起时
树影是透明的

之三十八

夜晚是一小撮的居心
倘若我们像地平线那么遥远
倘若树木和天空还留在匣子里

之三十九

你的影子，你黑色的影子
像夜里漏出来的露水

之四十

黑夜是世界的麻药

而大雨，是闪耀的磷火

之四十一

我累了，抓不住树的影子
浮云好像旗帜，又步步凝重

之四十二

月亮缓慢升起，照亮过去的你和过去的我
我想成为一棵树，种在这片天空

之四十三

每一个被书簇拥的夏天
像江枫渔火对着无边月色
像寂静的旷野突然出现你的身影